KB053639

아유타야 왕국을 찾아
Find the Kingdom of Ayutthaya

인지

아유타야 왕국을 찾아
Find the Kingdom of Ayutthaya

1판 1쇄 인쇄 2023년 7월 10일
1판 1쇄 발행 2023년 7월 15일

발행처 도서출판 문장
발행인 이은숙

등록번호 제2015-000023호
등록일 1977년 10월 24일

서울시 강북구 덕릉로 14(수유동)
전화 02-929-9495
팩스 02-929-9496

문장 시인선 014

아유타야 왕국을 찾아
Find the Kingdom of Ayutthaya

강만수 시집

도서
출판 문장

시인의 말

48마리 코끼리 가족이 꿈속 엘리베이터에서 나왔다
조련사인 나도 그 무리와 함께 고향을 찾아 간다

2023년 여름
여산재에서

▶ 차례

2부

3부

완도항에서

1부

(1)

드넓은 평원에 붉은 벽돌로 쌓아 놓은 10기 20기 30기 70기 80기 탑들이 보인다. 170기 180기 290기 셀 수도 없을 정도로 무수히 많은 塔 塔 塔들이 줄느런히 서 있다. 앞에서도 탑이고 옆에서도 탑이며 뒤에 서서 동서남북을 향해 눈길을 돌려도 탑 탑 탑이다. 그 탑들이 예기치 못한 순간 들이닥친 버마군대 侵攻에 의해 어지럽게 널브러졌다.

(2)

목이 없는 부처가 달아난 목을 되찾지 못한 채 몸통만 자리를 지키고 있다. 그 옆으로 하나 둘 셋 넷 여섯 일곱 여덟 바닥에 목들이 나뒹굴고 있다. 悽慘하다고 할까 殺戮과 放火에 이어 무수한 破壞가 이어졌다. 도심 전체가 八大地獄이다 가장 성스럽고 평화롭던 이곳이 철저하게 무너졌다.

왓 프라 마하탓

(3)

國家를 세울 때 3단계 과정을 꼽는데 創業과 守城 更張이 있다고
한다. 지배층이 나라를 바르게 세우기 위해 改革해야만 하는 경장
과정에서 실기한 까닭에 400여 년 동안 그 자리에서 번성했던
왕국은 갑작스럽게 역사에서 사라졌다. 광폭한 시간이 흐른 뒤 어느
날 꿈속에서 35층 아파트 엘리베이터에 올라탔다. 그 공간은 폭과
넓이가 가늠이 안 되는 거대한 항공모함과 같았다.

คู่ชู่รัก

ไหหดบท

ไหหดบท

เรือพระที่นั่ง ศรีสามภกไชยลำกรมหมิ่น

นักษภรดีเมตรนัวิว

ก้นพื้นดี

โลนกรุงกำเนิดดุ

ศาเล

โลนกรุงกำเนิดดุ

ศาเล

(4)

버튼은 11층과 16층 21층으로만 올라갈 수 있다고 명령하는 것처럼
눌러져 있었다. 내 의지와 관계없이 11층에서 문이 스르르 열리더니
11마리 수컷 새끼 코끼리가 들어왔다. 16층에 도착하니 그 자리에서
기다리고 있었던 것처럼. 16마리 어른 암컷 코끼리도 16층에서
21층으로 올라가는 엘리베이터 안에서. 잠깐 사이 수많은 생각들이
스쳐 지나갔고. 21층에 멈춰선 그곳에서도 암컷 새끼 코끼리
21마리가 망설임 없이 몰려들었다.

상준 / 휴먼이러브

ⓒ김상준

(5)

아파트 중층계에 살고 있는 수컷 새끼 코끼리 11마리 중 8마리는
흰색 코끼리였는데 모두 왼쪽 앞주머니에. 오른쪽에는 어른
암컷 코끼리 16마리를 넣었다. 암컷 새끼 코끼리 21마리 중 왼쪽
뒷주머니에 11마리 오른쪽엔 10마리를. 주머니 속에다 쩔러넣은 뒤
거친 마음 상태로 인해 잠시 멈춰섰다.

(6)

어슴푸레하고 흐릿한 기억 속 前生에서 나는 전쟁에 참여한 코끼리 조련사였던 걸까? 잃어버린 고향인 아유타야를 찾아 떠나려고 하는 것 같다. 어딘가가 어디인지 어느 방향인지 감을 잡지 못하고 있지만. 빠삭강이 동쪽으로 차오프라야강이 남쪽과 서쪽으로 북쪽 롭부리강이 작은 섬을 둘러싸고 있는 그곳을 찾아.

치앙마이에서

(7)

곧 시간과 날짜를 결정해서 하층계인 지상으로 내려가 두루 살펴본 뒤. 이곳에 더 머물지 않고 동물원에서만 볼 수 있었던 코끼리들과 함께. 옛 자취를 찾아 걸음을 옮기려고 한다. 그동안 운동을 게을리했던 까닭에. 몸이 가볍지는 않았지만 그렇다고 딱히 불편한 곳도 없었기에. 4개의 주머니에 들어온 코끼리 48마리와 함께 천천히 걸어간다.

(8)

코끼리 몸집이 매우 크고 주머니는 그다지 크지 않았지만.
빨주노초파남보 일곱 빛깔 모자를 쓴 마법사가 바지주머니와
코끼리가족에게 주문을 걸어. 청바지 주머니는 쭉쭉 쭉 늘어나고
48마리 코끼리는 다이어트를 시키지도 않았건만. 어느 순간 몸집이
줄고 또 줄어들어서 아주 작은 장난감처럼 변하게 돼.

(9)

코끼리들을 별다른 문제없이 넣을 수 있었다. 조금 전 샤워를 하고
나와 냄새도 전혀 나지 않고 발바닥이 깨끗한. 할머니 코끼리와 엄마
코끼리 딸 코끼리 손자 코끼리 손녀 코끼리들로 이뤄진 코끼리 가족
48마리 모두를 주머니에 들인 뒤.

(10)

길게 이어진 이름 모를 강과 산을 넘어서 지도를 끄집어내
톺아보면서 간다. 그러다 陰險한 숲속에서 헤매기도 했지만. 방향을
바꿔 길을 찾아 나가다. 거대한 암벽 앞에서 머리를 쿵하고 부딪힌
뒤 잠시 의식을 잃었다. 얼마나 시간이 흐른 걸까?

(11)

쓰러진 뒤에도 무언가에 쫓기기도 하고 급하게 뛰기도 또는 버둥거리다. 정신을 차리고 보니 밤중도 아닌 한낮이었고 깨고 보니 침대 위였다. 허허 조금 전 일이 한여름에 꾼 낮잠이라니 이럴 수가 너무도 선명하게 느껴져서 도저히 꿈이라고는 받아들일 수가 없는 현실 앞에서.

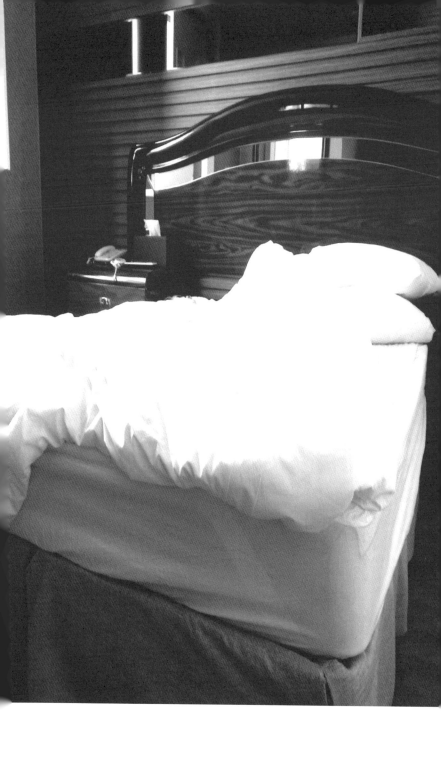

(12)

지금 이 순간도 꿈속에서 꿈의 연장선상에 있는 건 아닌지
사유하게 되는 靑華白瓷에 꽂아 놓은 철포백합이 은은히 향을
발하는 안방에서. 매우 당황스럽다고 할까 어떤 말로도 이 느낌을
표현하기가 어렵다. 하지만 헐수할수없는 현실이니 그저 받아들일
수밖에 그러다 다시 잠에 빠져들었고.

부처님 오신 날 화계사에서 2023

(13)

쏘아놓은 화살과 같은 시간 그 등 위에 올라타니 어느 순간 전혀
생경한 장소인. 중국 남서부 쪽 난치오국에 복속돼 살았던 키가 작고
까무잡잡한 피부의 타이족이 보인다. 그들은 13세기 몽골족 침입으로
난치오국이 허망하게 敗滅한 뒤. 현재 泰國 땅으로 민족 대부분이
이동 작은 왕국들을 이뤄서 살았다.

(14)

치앙마이 지역엔 란나 왕국 중부지역엔 수코타이 왕국 북서부지역엔 파야오 왕국 남부 해안지역은 롭부리 왕국이 자리를 잡았으며. 그 무렵 현재 태국 땅의 대부분은 강성한 크메르 영토였던 까닭에. 타이족은 그들에게 때마다 허리를 굽혀 예물을 바치며 그 땅에서 삶을 이어나갔다. 그후 크메르 제국이 王權 爭奪戰으로 내부가 심하게 분열되자 그 틈을 노려. 북서부 지역을 정복해 1238년 인드라딧야 왕에 의해 건국된 것이 수코타이 왕국이다.

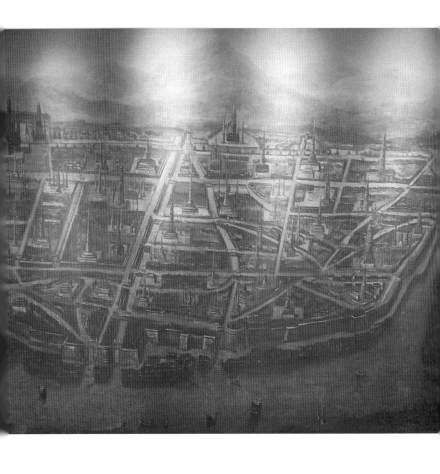

(15)

작은 나라들 중에서 가장 繁盛했던 왕국인 수코타이는 전성기 때 람캄행 대왕의. 통치 아래 원나라에 사절단을 보내 외교 관계를 원만하게 잘 유지했으며. 도자기 기술을 받아들여 발전시켰다. 또한 스리랑카로부터 南方佛敎를 받아들여 부처님 말씀을 統治理念으로 삼았다. 그는 전투 중 사로잡힌 적들에게도 雅量을 베풀어 마구 두들겨 패거나 죽이지 않고 德으로 다스렸으며 최초로 태국문자를 창제하기도 했지만.

2

(16)

왕 사후에 급격히 衰退해 나라를 세운 지 140년 만에. 1350년 세워진 아유타야에 의해 수코타이는 1378년 속국이 되었으며. 1438년 아유타야 왕조에 倂合 돼 200년 만에 敗亡하게 되었다. 그후 삼국을 통일한 우리의 신라처럼 현재 태국인들의 정체성을 확립한. 최초의 統一 王國이라고 할 수 있는 아유타야 王朝가 열리게 된다.

(17)

오래 전 나는 그 부근에 살았던 걸까? 덥다 무더운 열대 날씨로 인해.
땀을 뻘뻘 흘리면서 허위허위 걸어가고 있는 텁수룩한 얼굴이다.
어디로 가는 건가? 行先地도 정하지 않고 무언가에 끌린 건지
무작정 걷고 있다. 십여 명의 스님들이 맨발로 걷는 것도 보인다.
윗동네에서 아랫동네로 托鉢供養을 위해 걸어가고 있는 것 같다.
그러다 아래쪽으로 내려가려다 일순간 뒤돌아서서. 삼거리에서
왼쪽으로 100미터쯤 올라와 一列縱隊로 적당한 속도를 유지하며
걸어가고 있다.

(18)

그곳엔 거대한 탑들이 도로 중간 중간에 우뚝우뚝 저마다 숨길 수 없는 불심을 드러내려는 듯 凜然히 서 있다. 그 어떤 무엇을 마음에 두고 밖으로 표현하진 않았지만. 나는 느꼈기에 혼잣말로 중얼거렸다. 그동안 나를 힘들게 온몸을 친 친 감았던 눈에 보이지 않았던 밧줄이. 저 탑에게 눈길을 준 순간 투 두두 끊어져 나갔다. 그런 뒤 여러 壓迫感에서 벗어나 마음에 편안함이 거짓말처럼 찾아왔다.

(19)

탑을 중심으로 찻집과 옷가게 각종 튀긴 음식들과 국수를 파는
음식점들이 늘어서 있다. 길을 가다 심한 갈증과 허기로 인해
국숫집에 들러 메뉴판을 살펴본 뒤. 비빔국수인 똠얌행 국물이 있는
똠얌남 국물맛이 얼큰한 똠양꿍과 볶음밥을 주문해. 뜨거운 녹차를
마시면서 식사를 하다 길 건너편을 바라보니. 길가 그늘진 곳엔 몇
마리 검정 개와 고양이가 축 늘어진 채 배를 바닥에 깔고서 졸고
있다.

(20)

수코타이 왕조에 이어서 우통왕이 1350년 아유타야를 세웠다. 왕은 주변 국가들을 빠르게 복종시켜서 왕국의 기틀을 다지며. 安定된 統治行爲로 經濟와 文化의 優勢를 이끌어나간다. 王位 繼承 原則을 확실하게 세운 뜨라이록 왕이 다스릴 무렵엔 官僚體制를 신속하게 정비했으며. 군사력을 강화해 차츰 영토를 넓혀 나갔고 말레이 반도와 벵골만까지 다스렸다.

(21)

총포를 수입 말라카를 정복하기도 했고. 포르투갈과 활발한 무역을
통해 막대한 국부를 창출하기도 했지만. 1547년 버마 따웅우 왕조의
따빈 슈웨티 왕을 대신한 총독의 강한 공격을 받아. 1:1 대결에서
아유타야의 마하 짜크라핏 왕이 상처를 입고 매우 위급한 처지에
놓이자. 왕비인 수리요타이는 둘의 결투에 담대하게 끼어들어서.
적장의 공격에 한 치도 물러서지 않고 맹렬하게 맞서 싸운다.

(22)

왕이 몸을 피할 시간을 마련해 준 뒤 왕비는 적장의 날카로운 창에 어깨를 깊이 찔려. 그 자리에서 공주와 함께 전투 코끼리에서 떨어져 목숨을 잃었다. 어미 새 한 마리와 가여운 새끼 새가 헝클어진 머리카락처럼 흩어진 먼 먼 하늘을 향해 ㅉㅉㅉㅅ ㅊㅊㅊㅊ 슬프게 울면서 날아가듯이.

(23)

국민들 가슴속에서 살아남아 傳說처럼 입에서 입으로 전해져 내려온 왕비 이야기가. 230여 년이란 시간이 흐른 뒤 하늘도 무심하지만은 않았는지. 자신의 나라를 지키기 위해 목숨을 걸고 싸운 여전사 수리요타이를 소재로 영화가 제작되었다. 그후 2001년 제 6회 부산국제영화제 閉幕作으로 選定 上映되어. 대한민국에서도 큰 관심을 불러일으키기도 했다.

(24)

아유타야 왕국은 숙적인 버마와의 전쟁 끝에 3년 동안 屬國이
되기도 했지만. 따웅우 전쟁으로 인해 어려서 버마에 인질로 갔다.
8년 동안 인질 생활을 끝낸 뒤 고국으로 되돌아온. 나렛왕자는 그때
당시 覇權國이었던 크메르 제국의 침입을 몇 차례 막아냈다 그후
나레쑤언이란 이름으로 당당하게 왕위에 올라 그들에게 獨立宣言을
했다.

(25)

이어서 1584년 버마가 극심한 혼란에 빠져 왕에게 반란 진압을 요청하자. 은밀히 전쟁을 준비하던 그는 기회를 놓치지 않고 수도인 버고에 들어가 그 지역을 强奪했으며. 국경을 넘기 전에 버마에게도 주저하지 않고 독립을 선언했다. 壬辰倭亂 때 왜군을 맞아 生卽死死卽生의 각오로 싸워 대승을 거뒀던. 우리의 李舜臣 將軍처럼 어떤 나라와도 싸움을 피하지 않겠다는 一戰不辭의 決意를 보인 것이다.

(26)

소식을 듣고 코끼리 부대를 끌고서 그를 빠르게 쫓아온 버마무장을
본 뒤. 나레쑤언도 전투 코끼리에 올라타 장총으로 조준 반대편에서
적장을 射殺하기도 했다. 버마왕 난다버인이 몸을 사리지 않고 직접
나서서 능란한 用兵術로 전쟁을 지휘한. 창과 화살이 날아들며
칼날이 부딪혀 피와 살이 튀고 뼈가 부서지는 전장에서.

(27)

아유타야의 거침없는 공세에 버마군 공격이 잠시 주춤한 틈을 타.
왕은 타고 있던 말에서 내려 칼을 입에 문 채 사다리를 타고 성벽을
기어올라가. 버마군 진영을 야간에 기습 공격했다 자신을 죽이기
위해 난다버인이 보낸. 버마장수와 1:1 대결을 벌여 그 자리에서 적의
목을 베 버마의 侵犯을 막았다.

(28)

격투 끝에 왕은 1593년 농 싸라이 전투에서 버마의 왕세자인 밍기스와를 참살했다. 따웅우 功城戰에 국가 총력전으로 돌입 망하기 직전이었던 아유타야를. 나레쑤언 왕은 여러 차례 외침을 막아내면서. 100여 년 동안 지역의 평화와 안정을 이끌었으며. 자신의 나라를 동남아의 강대국 반열에 올렸다. 그는 고려의 무장이었던 拓俊京처럼 전투에 나갈 때마다 女眞族 수십 명을 순식간에 베어 버린 劍聖이었던 걸까?

75

(29)

일본과 류큐국 아랍 페르시아 등과도 빈번하게 교류를 한 아유타야는. 조선 건국 후 1년 만에 화교인 진언상을 포함시킨 사절단을 여러 번 보내기도 했다. 나라이 왕 재위 땐 서양과 문물 교류를 활발하게 진행하였으나. 왕 사후 프랑스 선교사 처형 및 외국인들을 나라 밖으로 모두 내쫓은 뒤 불교도들과 보수귀족들 주도로. 조선의 興宣大院君 李昰應처럼 鎖國政策을 단행했다.

(30)

다시 장면이 바뀌어 길가 소방서가 있었고. 그곳에서 170여 미터쯤 떨어진 곳에. 구두수선집과 과일가게 자전거포와 동네 아저씨들이 막걸리를 마시던 선술집이 보인다. 영사기가 빠르게 돌아가는 것처럼 별생각 없이 지나간 세상을 거슬러 올라가다 보니. 시간이 급작스럽게 몇십 년에서 몇백 년 단위로 오르내리면서 어릴 때 침대 앞에 앉아. 낮고 고운 목소리로 그림책을 읽어주던 할머니 목소리가 가까운 곳에서 들리기도 한다.

3부

(31)

한겨울엔 제설차도 다니지 않는 골목이어서 길을 걷다 엉덩방아를
자주 찧었다. 그 때는 달달한 군고구마와 붕어빵을 사서 손에 쥔 채
먹고 다니곤 했다. 지금 60이 넘은 내가 무언가를 되돌아보고 싶은
마음에 50여 년 전 40여 년 전. 아니 200년 300년 500년 전 그보다
더 먼 前生이었을지도 모를 과거로 가 봤다.

(32)

그저 그냥 50개 달력과 40개 달력 30개 달력을 넘긴 것 같다는
감흥밖에 들지 않아. 젊어 생을 마감한 친구 이름을 웅얼거리기도
하다가 선배 이름을 불러보기도 한다. 그러다 다시 방으로 되돌아와
나 자신의 내면을 고요히 바라보게 되면. 이번 생은 내게 어떤
話頭를 안겨준 건지 삶에 대한 물음에 대해 무슨 답을 내려야 할지?
앞으로 몇 개의 달력을 더 넘길 수 있을까? 그런 궁금증이 우루루
밀려들기도 하지만.

(33)

미래 시간을 급히 당겨서 그곳으로 미리 갈 필요는 느끼지 않았으므로. 늘 그날 주어진 시간을 허투루 흘리지 않고 살아야만 하겠다고 마음을 다잡아 본다. 벌써 하루가 다 지나가려고 한다. 시곗바늘을 되돌려 아침 시간으로 하고 싶었다. 꿈에서는 어렵지 않게 현재에서 과거를 휙 휙 넘나드는 일이 어렵지 않았지만. 현재 이곳에서는 이미 흘러간 시간은 방법이 없는 까닭에.

(34)

계단 앞에 세워둔 진녹색 자전거를 양손으로 들고서 밖으로 나와.
안장 위에 올라타 오랜만에 동네 한 바퀴를 돌기 위해 페달을
밟았다. 길약국을 지나 집에서 700미터쯤 떨어진 국민 마트에서
두부 한 모와 라면 등을 산 뒤. 다시 자전거에 올라 핸들을 잡게 되면
바퀴가 빠르게 굴러가는 것처럼.

(35)

너와 나 그들 젊음도 지나가고 있다. 저 속절없이 흐르는 세월을
무엇으로 잡을 수 있을까? 잠깐 생각 중이지만. 시간을 잡아챌 수
있는 捕蟲網이 내게는 없는 까닭에. 60여 년 이상을 살아오면서 다시
풋풋한 청춘으로는 되돌아갈 수 없다고. 흐르는 光陰을 붙잡아 둘 수
없다고 푸념 아닌 푸념을 날리다 잠자리에 든 늦은 밤이다.

(36)

즈 즈 즈 코를 골다 보니 심한 내부 갈등과 극심한 혼란을 틈타
대군을 이끌고 침략한. 버마 꼰바웅 왕조 초대 국왕이자 뛰어난
자질을 갖춘 알라웅파야는. 거침없이 메르귀에서 타닌타리 강을
치고 올라왔으며. 산을 넘어서 강한 기세를 멈추지 않고 공격을 감행
아유타야 부근까지 다가왔다.

(37)

보로마라차 3세는 자신의 친위부대까지도 모두 보냈지만 버마군에게 몰살 당했으며. 아유타야는 적군에 의해 포위당했다. 그러나 강과 운하로 둘러싸인 천혜의 요새였던 까닭에. 피아간에 격렬하게 공격하고 방어하는 전투를 벌이던 중 알라웅파야가 가슴에 銃傷을 입고 느닷없이 사망. 버마군대는 사기가 급격하게 떨어져 주변지역을 掠奪하면서 退軍한다.

(38)

아유타야는 전쟁 이후 국론이 분열 돼 내부결속이 전혀 이뤄지지 않았고. 국력을 엄청나게 허비해 민생은 塗炭에 빠졌으며. 國家存亡이 위태로운 상황에 처해 왕조 체제를 유지하는 것 자체가 힘들었다. 전쟁 수습도 제대로 못한 상태에서 철군 4년 후 1765년 버마의 3대 왕인. 신뷰신의 군대가 아유타야를 어느 날 갑자기 다시 侵略해 들어왔다.

(39)

栗谷 李珥가 앞으로 10년 인에 나라에 큰 變亂이 있을 것이라면서.
강력하게 奏請한 十萬養兵을 동인과 서인으로 갈라져 극렬하게
다투며 받아들이지 않아서. 壬辰倭亂이란 初有의 國亂을 자초한
朝鮮처럼. 적의 침략에 적극적으로 대비하지 못한 연유로.
전쟁에서 승리할 그 어떤 전략과 전술도 찾을 수 없었던 아유타야
왕 스리야마란 보로마라차는. 침략국의 속국이 되겠다고 비굴하게
거듭 머리를 숙여 懇請했으나 拒絕당한 뒤. 417년 동안 33명의 왕이
나라를 다스린 아유타야 왕조는(1350~1767) 멸망했다.

(40)

전쟁에서 패배해 헤아릴 수 없을 정도로 많은 백성들이 捕縛당해. 權門勢族과 함께 奴隸가 돼 버마로 끌려갔으며. 왕은 전쟁 중 적에게 죽임을 당한 걸까? 아님 급하게 逃避한 건지? 사라져 버린 그의 행방은 어디서도 찾을 수 없었다. 新羅는 炭峴에서 막고 唐은 白江에서 막아야 한다고. 죽음을 앞두고 감옥에서 올린 成忠의 간언을 받아들이지 않고. 660년 한반도에서 羅唐聯合軍에게 공격당해 패망한 百濟 義慈王과 지배층이. 굴비 두름처럼 엮여 당나라로 押送 돼 처참한 최후를 맞은 것과 다를 바 없었다.

(41)

35층 아파트 中層界인 11층 16층 21층에서 코끼리 가족 48마리와 만나. 下層界인 地上으로 내려가 이리저리 몰려다니며 함께한 시간이었지만. 갑자기 코끼리들은 어느 곳으로 사라진 걸까? 그렇게 무리지어 몰려다니던 코끼리들이 눈에 띄지 않는 것이 이상할 정도로. 코끼리들을 찾지 못한 채 속앓이를 하면서 으음 꿈에서 몇 날 며칠을 흘려보내고 말았다.

(42)

그러다 어느 날 갑자기 내 안으로 들어와 이곳저곳을 마구 헤집고 다니는 것 같다. 그냥 그대로 두려다가 머릿속이 시끄러워 마냥 놔둘 수만은 없어서. 흩어진 코끼리 48마리가 본래 있던 성스런 佛國土인 짜오프라야강이 꿀처럼 흐르는. 그 땅으로 되돌아가 제 자리를 찾게 하려고 한다.

아유타야역

(43)

사라지지 않는다는 뜻을 가진 아유타야 王國은 1350년에서 1767년까지 94개 要塞와. 3곳의 王陵 그리고 375개 佛敎寺院이 존재했다. 아! 저기 저곳에 잠깐 머물다 사라진 빛을 찾아 나가다. 뒤로 물러선 채 사물들을 응시하며. 천천히 누군가를 위해 욕심 없는 행위를 할 수 있을까에 대해 생각하다.

(44)

뒤로 물러선 채 사물들을 응시하며 세상에서 강하게 움켜쥔 탐심을
내려놓고 보니. 영원히 존재할 것 같았지만 변하지 않는 건 없다고
한 부처님 말씀처럼. 시간이란 수레바퀴는 구르고 굴러서 모든
사물들을 천천히 때로는 빠르게 변화시킨 걸까?

왓 로까야쑤타람

(45)

지금은 痕迹만 남아 있는 쓸쓸한 遺蹟처럼. 그러나 내 안에서 머물며
지워지지 않고. 바지런히 움직이고 있는 코끼리들이 현실인지 꿈인지
매순간 구분이 어렵긴 하지만. 因緣이어서 내게 왔고 인연이 다해서
가야 한다고 하면. 꿈속에서나 현실에서 그 어떤 상황이라고 해도 내
마음의 執着을 과감히 끊고 저들을 자유롭게 하겠다.

(46)

또 다른 꿈에선 上層界로 垂直上昇 하게 될 엘리베이터에 오를 것
같은 豫感이 든다. 31층 32층 33층 34층 35층으로 한순간에 오르게
되면 층마다 누군가 나와서 반갑게. 나를 맞아줄 것 같다. 일단 31층
앞에서 제일 먼저 만나게 될 이로 인한 期待感에 가슴이 쿵쿵 쿵
뛰어대는 게. 진정 되지 않는 건 무슨 緣由인지?

(47)

나 자신을 잘 모르기는 꿈과 현실에서 별반 다르지 않다는 느낌을
여전히 지울 수 없음에. 心中이 그어 놓은 경계를 훌쩍 건너뛰어
그윽한 光明心이 머무는 곳은 어디일까? 이 헛헛함은 무엇으로 채울
수 있을지? 빛을 향해 나가다 개코원숭이처럼 이 나무 저 나뭇가지를
옮겨 다니며. 끝없이 마음속 깊은 곳에서 일어나 위아래로 널뛰는
想念에게. 이 감정은 무엇이냐고 묻게 되는 미묘한 나날들이다.

(48)

새하얀 빛은 어디에? ////////////////////
///////////////// ///// /////
보리수 나무 우듬지 위 몇 마리 새는
재재 재재재거리다 드넓은 하늘로 날아간다
//////////////// ///// /////
새들은 일순간 사라졌다 다시 나타났다
//////////////// ////////// /////
누군가 새벽 하늘에 그어놓은 광휘를 닮은
그곳에는 홀로 서서도 두려움이 없는 깨달은 이가 있다

시집『아유타야 왕국을 찾아』
Find the Kingdom of Ayutthaya

박제천 시인과 함께

라오스 문인협회 부이사장 쏨쑥 시인과

김영후 회장과

라오이코노믹지에 소개된 라오스초등학교 학생과
졸저인 "꿀벌 구조대"를 낭독 중인 모습(2014)

허재성 시인과

만달레이 외대 강연 중 필자의 졸시
'금테안경'을 낭송한 한글학과 Yi Ywe Aung 선생

강만수 2023

시집 『아유타야 왕국을 찾아』를 펴내며

강만수

티벳의 달라이 라마는 還生에 환생을 거듭하며 14번째 삶을 이어오고 있다고 한다. 그럼 내게도 前生이 있었으며 우리 모두에게도 삶은 쉼없이 이어져 온 걸까? 그렇다면 내겐 몇 번의 태어남과 죽음이 있었을까? 또한 몇 년 전 어느 나라 어느 곳에서 누구의 자식으로 태어나 어떤 삶을 살았을까? 전생에 대해 생각하다 보니 이런저런 궁금증이 밀려드는 건 어쩔 수가 없다. 요즘 며칠동안 봄비라고 할 수 없을 정도로 많은 비가 내렸다. 여름 장맛비처럼 마구 쏟아져 내려서 남부지방에 든 오랜 가뭄을 해소시킬 수 있어서 다행이라 생각했다. 비가 내릴 때 거리가 엄청 어두웠던 것과는 관계 없다는 듯, 하늘은 전혀 다른 얼굴로 햇빛은 쨍 쨍 쨍쨍 내리쬐어 길 건너편 미카도 스시집과 샤보보도 쿠스톰 커피숍 창을 마구 두드리고 있다. 그 가게들이 들어선 공원 벤치 앞에 앉아 나는 무엇이며? 어디에서 왔고? 어디로 갈 것인가? 생각하며 이 글을 쓴다. 그러다 건너편 식당 창가에 앉은 사내가 왼쪽 손에 쥔 포크로 왼쪽 무르팍을 무엇을 견딜 수 없어 그러는 건지? 쿡 쿡 찌른다. 전생에 그는 어떤 삶을 살았을까? 다시 손을 바꿔 오른손으로 왼쪽 무르팍을 마구 찔러댄다. 지난 생에서도 저렇게 힘들었던 걸까? 왼쪽 옆구리를 찌르는 모습도 보인다. 사내는 돈가스를 먹다 말고 왼손에 쥔 포크로 왼쪽 옆구리를 찌른다. 찌르는 행위를 멈추지 않을 것처럼 계속 찌르고 있다. 왼쪽을 自害하고 있는 행태가 드러난 오늘의 정육점 옆 서브 돈가스를 지나게 되면, 내 뒤로는 나이스 가이와 부산 어묵과 황소곱창 프로리스 안경점과 비비언 쥬얼리와 몇십 미터 높이의 거대한 시계탑이 무심하게 서 있다.

이 장소에 50년 100년 150년 전 200년 250년 300년 전 500년 800년 900년 1100년 전 1300년 1500년 2000년 2500년 전, 무리를 지어 살았던 그들은 왜 높은 건축물을 세운 걸까? 이 땅에 와 잠시 머물다 간 사람들에 대해 생각해 봤다. 저마다 다른 사연들을 가슴에 지닌 채 생을 마쳤을 것이다. 그들이 세상을 떠난 뒤 내밀한 개인사는 함께 묻혔지만. 사람들이 머물다간 이곳에서 나는 400여 년 전 한 아이의 아비가 떠올랐다. 그는 자신이 사는 강원도 임계에서 아침 일찍 일어나 정선 장에 가기 위해 꽤 오랫동안 채취해 햇볕에 말려둔 여러 종류의 산나물과 참나무 숯 사기그릇 등을 챙겨서 지게에 지고 길을 나섰다. 마을을 나서자 장에 가기 위해 나선 옆 마을 高 氏와 우연히 만났다. 그와 함께 말동무를 하면서 지루함을 잊었다. 해발 100미터 200미터 300미터 500미터 645미터 작은 너그니재를 가쁜 숨을 몰아쉬며 올랐다. 근처 샘에서 떠온 시원한 물을 마시며, 불어오는 산들바람에 몸을 맡기고 잠시 휴식을 취했다. 땀을 식힌 뒤 일어서서 해발 720미터인 큰너그니재 정상에 힘겹게 올라. 정선장이 열리는 시간에 늦지 않게 도착하기 위해 잰걸음으로 고개를 내려간다. 남곡리 마을 앞 주막에 생각보다 일찍 도착해 길손들 틈에서 탁주 몇 사발을 마셨다. 참을 수 없을 정도로 등과 어깨를 짓누르는 지게를 내려놓고 쉬기 위해서였다. 오래전부터 딸아이가 사달라고 자주 조르던. 꽃신을 갖바치에게 들러 오늘은 꼭 갖고 가겠다고 다짐하니, 갑자기 힘이 불끈 솟았고 지게에 올려놓은 짐이 신기하게도 무겁지 않았다. 그러다 800년 전 고려시대를 산 書生이 보였다. 안방에서 책을 읽고

있다. 論語 孟子 中庸 大學을 번갈아 읽고 있다. 孔子가 제자인 子路
에게 했던 말 중에 "생각한 바를 이루기 위해 밥 먹는 것도 잊고 노력
하며, 걱정 또한 즐거운 마음으로 잊고, 늙어가는 것도 잊고 지낸다
는" 말을 가슴에 받아들여 새겼다. 미처 예기치 못한 어려운 일이 생
긴다고 해도 자신의 뜻을 펼치게 될 그날을 준비하기 위해. 집안의
가장임에도 불구하고 모든 것을 아내에게 맡긴 뒤 3년째 두문불출 정
진하고 있다. 곧 시행될 과거 시험에 응시하기 위해 책에 빠져 지냈
던 것이다. 기다리던 과거 시험 날짜가 공표되었다. 30여 일 뒤 시험
이 치러진다는 생각에 호롱불 앞에서 밤을 새워가면서, 그동안 읽었
던 書冊들을 다시 한번 복습하면서, 최종시험엔 어떤 시제가 나올 것
인지 나름 짐작을 해가면서 준비를 끝냈다. 어느 여름날 박 선비는
종로 집에서 개경으로 가기 위해 장원급제를 꿈꾸며 천천히 길을 나
섰다. 500여 년 전 흐릿한 빛 아래 왕궁 내 돌사자 앞 계단에서 발을
헛디뎌 어이없게도 왕은 곡절 많은 삶을 마쳤다. 그후 그의 뒤를 이
어서 14살 먹은 아들이 왕위를 이었으나 얼마 되지 않아 큰 어려움을
겪게 된다. 그러나 선왕이 실족사했을 무렵 어린 왕의 든든한 조력자
가 그의 곁에 있어서 위기를 무사히 넘길 수 있었다. 다른 왕국을 멸
망시키고 지역을 점령한 아버지로 인해 그 왕조의 잔존 세력들이 왕
의 군대를 연신 격파하면서 왕궁 부근까지 다가왔다. 百尺竿頭의 위
기에 몰린 왕을 구한 건 그의 충성스런 장수였다. 그는 침략해 들어
오는 적장보다 먼저 군대를 그곳에 보내 성을 방어케 한 뒤. 적군과
물러서지 않고 混戰중 아군이 던진 창이 허벅지에 박혀 말에서 떨어

진 적장을 생포했다. 지휘관을 잃고 허둥거리는 적군은 엄청난 공포에 사로잡혀 전투 의지를 잃고서 천지사방으로 흩어져 도망치기 시작했다. 왕은 그의 도움에 힘입어 전쟁에서 대승을 거둘 수 있었다. 이 전쟁을 통해 영토를 더 넓힐 수 있었으며, 어느덧 21세가 되어 자신의 나라를 다스릴 수 있게 됐다. 그러던 중 치세에 고민하는 왕에게 자신들의 불만을 거침없이 드러내는 귀족세력과 맞붙게 된다. 왕은 왕권을 강화하기 위해서 자신의 권위에 예를 표하지 않고, 도전하는 권문세가들을 왕궁으로 불러들여 충성맹세를 받았다. 서약을 거부한 이들에게는 그 자리에서 처형해 자신의 말이 허언이 아님을 온 천하에 밝혔다. 내부 반대세력들을 제거한 뒤 자신을 충심으로 보필한, 이제 나이 들어서 기력이 쇠한 대장군을 궁으로 초대해 성대한 만찬을 베풀며, 노고를 치하한 뒤 고향으로 돌아가 편히 쉴 것을 권했다. 장군은 여러 번 허리를 굽혀 거듭 감사를 표한 뒤, 젊은 왕의 말을 순순히 받아들여 모든 관직을 내려놓고서 향리로 돌아가, 후학을 기르며 편안한 여생을 마치려고 결심했다. 하지만 그에게 앙심을 품은 이들이 왕궁 밖에서 기다리다 자객을 보냈다는 말을 들었던 것 같다. 그는 무사히 위기를 넘기고 자신에게 주어진 나머지 삶을 편안하게 보낼 수 있었을까? 그후 왕은 백성들에게 선정을 베푼 어진 왕으로 그들 역사상 가장 위대한 왕이자, 대단한 전략가란 자신의 이름을 역사에 남긴 뒤 영면했다. 또다시 몸을 받아 다른 삶이 펼쳐졌다. 신비한 빛을 발하는 언어와 언어 사이에서 새로운 언어가 창출돼, 지금까지와는 전혀 다른 세계를 순간순간 강한 열정으로 열어 보인 예술

가가 보인다. 강렬한 빛은 무언가를 태운 뒤 결국 사라지게 된다. 잠시도 주저하지 않고 200여 년 전 생을 소진한 사내가 살았던. 중세풍 도시가 옛 정취를 물씬 풍기는 고성으로 가 그를 만나지 않을 수 없다. 보고 싶지 않아도 볼 수밖에 없는 것이 그가 내 눈앞에 幻影처럼 나타난 것이다. 아니 내 안에 그가 있어서 내 귀에 대고 무언가를 속삭이며 또한 묻고 있다. 그는 바이올린을 켤 때처럼 소리와 사물간 접촉에 매우 민감하고 섬세한 감성을 지닌 사내였다. 20대에 모든 언어를 완성 절정에 올랐으며. 자신의 멈출 수 없는 방랑벽으로 인해 영국과 일본 러시아 싱가포르와 스페인 인도네시아 등을 몇 년간 여행한 뒤. 아프리카로 가 그곳에서 현지인이 운영하는 무역회사의 직원이 되었다. 세계에서 두 번째로 큰 대륙인 그 땅은 그 시기엔 개인의 안전을 전혀 보장하지 않는 무법지대였다. 매우 뜨거운 더위와 풍토병과 호전적인 원주민들에게 위협을 당하며 업무를 봤다. 자신이 원하는 것을 이루기 위해 갑자기 닥치는 위험과 어려움도 두려워하지 않고 일을 해낸 결과, 토착민들에게 의약품과 생필품을 팔 수 있었으며, 엄청난 양의 귀금속 거래를 통해 대단한 부를 이루기도 했다. 많은 이익이 발생 여유 있는 삶을 누리며 주변에 베풀면서 살 수도 있겠다고 여겼을 때. 심한 과로로 인해 몸에 쌓인 피로를 풀지 못해 중병을 얻게 됐다. 그가 고향으로 되돌아 왔을 땐 회복 불능이랄까? 마른 수수깡처럼 몸이 변해 이내 숨을 거둬도 이상하지 않다고 판단했다. 소식을 듣고 서둘러 온 아내가 옆에서 극진하게 보살폈지만. 끝내 병상에서 일어나지 못하고 43세 나이에 죽음을 맞게 된다. 평생 무신론

자로 반항아적인 생을 살았지만 죽기 직전에 신 앞에 무릎을 꿇고 종교에 귀의했다. 현재를 사는 내가 무엇이라고 단언할 수는 없지만, 그는 눈에 보이는 사물들과 보이지 않는 세계에 대해 깊이 성찰했던 건 아닐까 싶다. 300여 년 전에는 수행자로 태어났다. 그곳 아유타야엔 거대한 탑들이 도로 중간중간에 우뚝우뚝, 저마다 숨길 수 없는 불심을 드러내려는 듯 凜然히 서 있다. 무언가를 마음에 두고 밖으로 표현하진 않았지만, 사내는 느꼈기에 혼잣말로 중얼거렸다. 오랜 시간 그를 힘들게 온몸을 친 친 감았던 눈에 보이지 않았던 밧줄이, 저 탑에게 눈길을 준 순간 투 두두 끊어져 나갔다. 그런 뒤 여러 壓迫感에서 벗어나 마음에 편안함이 거짓말처럼 찾아 왔다. 어쨌든 세월이 무겁게 흐른 뒤 사내는 無明으로 인해 발생한 욕망에서 벗어나기 위해 사원에서 머리를 깎고 명상수행에 전념을 다했다. 바르게 볼 수 있어야 한다(正見) 그래야만 올곧게 생각할 수 있다(正思) 위 두 가지를 기초로 바른 말(正言)과 행동(正行, 正業)을 실천하면서 바르게 생활(正命)을 이어나가야 한다. 쉼없이 바른 노력과(正精進) 바른 마음(正念)에 반드시 정신을 집중(正定) 하라는 부처님 말씀을 실행해 나가기 위해 부단히 노력하고 있었다. 불문에 들어선지 30년 40년 50여 년 시간이 흘렀다. 그는 궁극의 깨달음을 얻어 완전한 자유의 세계에 이른 걸까? 48편의 담시에 사진을 담아 하나의 이야기로 구성된 서사시인『아유타야 왕국을 찾아』란 제목으로 시집을 펴내기 위해. 이번 생에서 떠오른 지나간 삶에 대해서 나름의 直觀과 想像力으로, 미얀마와 캄보디아 태국인의 삶과 피비린내 풍기는 동남아인들의 전쟁과 역사 속에 등장한 걸출한 영웅들에 대해 거론하던 중. 갑자기 다섯 분의 삶이 머릿속에서 그려져 이런저런 이야기를 하게 됐다. 지금 필자가 쓴 글은 나 자신의 이야기이기도 하고. 그 누구의 지나간 생이라고도 말할 수 있을 것 같다. 내가 그동안 몇 번의 생을 더 살았는가에 대한 기억은 매우 흐릿해서 알 수가 없고, 또다시 태어나 어떤 삶을 더 이어가게 될지는 짐작조차도 할 수가 없다. 이번 생에선 조금이라도 더 무지에서 벗어나기 위해 애쓰며 주어진 삶을 묵묵히 살아갈 뿐이다.